追憶

佐藤晴彦
Haruhiko Sato

文芸社

目次

追憶

私は幸福を求めていた。

ちょっとした出会いで幸福がやってきた。それは昨年亡くした妻である。自分で言うのもおこがましいが、美しい娘であった。彼女と出会ってから私の生活は一変し、大きな希望が湧いてきた。

プロポーズのくだりを述べてみよう。

「こんな男だけど嫁になってくれないか……」

彼女はいとも平然と、

「いいわよ。あなたの人相、気に入った。将来大物になるわよ。なんだか父と話しているみたい」

「えっ」

「父は満州で戦死したの。母も亡くなってしまったし、私一人なの」

「それは大変なんだね」

あまりのことに彼女をどうしてあげればいいのか、私にはわからなかった。ただただ幸せにしてやりたかった。

彼女には、親戚に養子になっている実の弟がいたりで、なかなか複雑な家系を背負っていたが、そんな運命にめげず、輝くような健康美人で明るかった。

私達のデートはもっぱら新宿御苑を散歩することで、その一角にある茶屋でラムネを飲むのを彼女はとても楽しみにしていた。

そうして、これからの生活のあれこれを話し合った。その年の景気は一向に上昇しそうもなく、給料がよいと思われた広告代理店でも、スポンサーの経営状態の悪化の波を被っていた。

そんなある日、二十七歳にもなる私の結婚を心配していた母から一枚の写真を渡された。見合い写真である。

私は迂闊にも彼女のことを両親に話していなかった。

「ねぇ。こんないい話は二度とないよ。今、伊豆で小学校の先生をなさってるんですって。美人だし、性格もいいそうよ。お前には話していなかったけど、今度の日曜日にお見合いすることになってるの、いいね」

突然のことに私は慌てて、

「母さん、一寸《ちょっと》待って。そんな話駄目だよ」

「何を言ってるの、いいわね」

母は厳しい目で私を見た。

「母さん、僕、好きな人がいるんだ！」

その言葉は、私を勘当に追いやることになった。

しばらくして私達は三畳の部屋から出発した。どんなに貧乏でも楽しかった。一生懸命頑張った。

彼女も私以上に苦労した。

人並みに子供ができ、長男が生まれた。しかしその年、母が急死した。勘当したといいながら、両親は私達のために家を建てて待ってくれていた。

私は血を吐く思いで母に詫びた。

しかし、私達の結婚が許されたわけではなかった。戦時中に叩き込まれた〝欲しがりません　勝つまでは〟の精神で歯を食いしばって頑張った。戦争を知らない若い人には理解されないであろう。それもよかろう。

平和が続く限り、私達の結婚については、父親兄弟が反対であった。私達は彼女の実家である宮崎で、形式的な結婚式を挙げさせてもらった。実家は寺で、祖父母が親代わりをしていた。

式の前夜、祖父が、

「あの子は親がなくても非常に頭のよい子です。私達には力がなくて上の学校にやれなかったのが残念です。あの子を幸せにしてやってください」

と頭を下げた。彼女の頭のよさは私も十分身にしみていた。大学出の私を上回る知識を持っていることは、日々の生活の中で見受けられた。

昭和四十年、秋。長女の誕生をきっかけに、妻子を幸せにするため、勤め先の広告代理店から独立して事業を始めることを決断した。秋葉原の小さなビルに六畳ほどの事務所を借りた。机が二つ、応接セットが一つの小さな会社ではあるが、夢は大きく膨らんだ。

私には私なりの企画があった。給食自動販売機を売り出すことである。まず、外国の給食についての情報を集め歩き、運営準備もできてくると、経営への自信も持ててきた。そんな時、某大学の先生から食指の動く話が舞い込んだ。

「あなたの考案した給食自動販売機と当方で研究中の冷凍食品をマッチさせ、給食界を改革してみよう」

という提案で、これに私は合意した。

その当時、日本の給食業界では食材を冷凍するなど全く考えられないことだった。ドイツの技術と先生の研究によって生み出されたものである。運よく、私の企画は先生に認められた。

それにつけても、裏づけになる財産も何もない資金繰りは大変な苦労であった。企画書を見て感心してくれても、担保が私の熱意だけで融資してくれる銀行はどこにもなかった。

しかし助ける神もあるものである。事務所のある共同ビルに毎日得意先回りをしている信用金庫の人が、私のところへ顔を出してくれた。

「どうでしょう、私の企画書で事業資金を貸してもらえませんか。私の命を賭けてお願いします」

無我夢中で頼んでいた。係の人は企画書を見ながら、

「今あるお金を全部私どもの方へ、新規に預金してくれませんか。そうすれば何

とかなるかもしれません」

私は藁にもすがる思いで、わずかではあるが、父親がくれた金も一緒に預けることにした。

しばらくして返事があった。

「……よかったですね。支店長から許可が下りましたよ」

これは何事にもかえられないほど嬉しく、妻と抱き合って喜んだ。

その後、必死の努力が報われて、事業は順調に進んでいった。幸せを求めて二人で頑張った。

妻を亡くしてしまった今、金銭的に生活がどんなに豊かであっても、一緒に散歩できる人がいなくては、何の価値もない。

年老いた仲のよいカップルを見ると羨ましく、断腸の思いで妻との過去が追憶される。

虚ろ

「また競馬。負けても自棄《やけ》酒は飲んでこないでね」

眩しく光る芝生を眺めながら、林は法子の言葉を思い出していた。

法子が逝って三年。必死の思いで経営を続けてきた会社を退き、酒におぼれ、競馬に明け暮れた月日が、軽い痛みをともなって胸をよぎる。

持ち金はほとんど使い果たしていた。一レースから八レースまで全くついていなかった。林は九レースを穴狙いで勝負した。


林は給食を扱う小さな会社を経営していた。

法子との結婚を機に会社勤めを辞め、事業を始めたのであるが、経営が軌道に乗るまでの苦労は、並大抵のことではなかった。仕事は毎日深夜までに及び、契約がスムーズにいくようにと顧客との接待に追われる日が続いた。

そのような日々が夫婦の健康を蝕んでいることなど気にもかけないでいたが、

林は肝臓を患い、一カ月間の入院をすることになってしまった。さらに糖尿病も患った。そのため、生涯インシュリンの世話になることになった。

毎日毎日インシュリンを打つ。食べることが生き甲斐のような彼に、一日千八百キロカロリーの食事制限が加わる。旅行の時もインシュリンを携帯する始末である。

「これに懲りてお酒はやめてください。約束を破ったら離婚です、そのつもりで。罰があたったんですよ……」

法子は毎日の看病の疲れからか、ついきつい言葉を口にする。一生懸命生きてきたのに、どうして神様が罰を与えるのか。

林は接待の席では、酒の代わりにジュースを飲みながら、会社を守《も》り立てるべく精進していた。

しかし、なんということであろうか、法子が突然心臓の具合が悪いと言う。林は、さっそく病院へ連れていった。

診察の結果、心臓も悪いが白血球の値が低すぎると言われた。林夫婦は最近、誘眠剤を飲まないと眠れなかったので、そのことを医師に話すと、

「あなたは病魔に冒されている。なるべく早い時期に仕事を辞めるように整理してください。神経を使う仕事は身体に悪い影響をもたらします。一切合切、手を引くことです。奥さんを助けるためにもそうするべきです」

と強く説得された。

林は困惑した。息子はまだ大学生であるし、娘は高校生である。

林は悩んだ末、後継者を養成することにした。ある日、彼は経理部長の泉を喫茶店に呼び出した。

「泉君、大事な話がある。医師から仕事を続けることは命にかかわると言われた。さんざん悩んだが、私は第一線から退くことにしたよ。僕が相談役になるから君

に社長をやってもらいたい」

泉はびっくりして、

「私はそんな器をもっていません」

と言う。

「もってるさ。私が相談役で後押しするから大丈夫。頼む」

林は祈るような気持ちで泉を説得した。

「あまり自信はありませんが、社長にドクターストップがかかっているのですから仕方ありません。やってみましょう」

泉は不安を隠し切れない様子ではあったが、一応快く引き受けてくれた。

法子も大変喜んで、

「今日まで頑張って、一人で十人分の働きをしてきたのですから、勇退するのが一番ですよ」

と慰めてくれた。

気楽な生活が始まった。夫婦で旅行する計画を立て、春には十和田湖、夏には佐渡島、秋には伊勢へと、今までの生活が嘘のように、二人でのんびり旅をした。

しかし、病魔から逃れることはできなかった。法子が白血病で寝込んでしまったのである。彼女は複数の病院から多量の誘眠剤をもらい、服用していた。薬中毒である。薬に頼らなければ眠れないことを知り、林は愕然とした。

気分転換をして気持ちをリラックスさせようと、林は法子を競馬に誘った。特別席からの眺めは、緑も多く、まるで公園のようである。

「あなた、競馬場って思っていたより素敵なところね」

と一人前に予想紙を見ながら手堅く馬券を買っている。かたや一日の勝負で林はすってんてん。法子の手元には八万円もの儲けが残った。

「あなた、また来ましょうね」

そんな法子の身体を病魔は、日に日に蝕んでいった。

ある朝、林は布団にうずくまる彼女に声をかけた。返事がない。

「おい、法子！」

と肩を叩くと、ぐらりと箪笥の方へ倒れた。

「あ、法子、法子！」

と抱えると、二階の娘を呼び叫んだ。

救急車の中では、病院に到着するまで心臓マッサージが続けられた。

父娘は為すすべもなく祈っている。点滴と酸素の管を鼻に差し込まれた法子を見つめたまま、

「残念ですが、駄目でした……」

医師はつぶやくように言う。

一足遅れで駆けつけてきた息子を加え、親子三人は呆然としていた。

薬浸けの日々であったものの、どうにか保ってきた幸せがガラガラと音を立てて崩れていく。銀婚式も無事に祝福された夫婦に、突然終止符が打たれた。

事業の方は、泉の頑張りで順調である。虚ろな心を抱えて、林は酒と競馬にのめり込んでいった。


抜けるような青空の中、九レースのスタートのファンファーレが響く。三―六、六―八、一―六を買っている。スタートした。一枠のヒカルキングがトップに立った。六枠のヤヨイダービーがぐんぐん追い上げてくる。

結果は一―六、大穴。

「あなた、やったわね」

どよめきの中に法子の声を聞いたような気がして、林は思わず振り向いた。

空の青さが目にしみた。

先手一発

瓢箪から駒が出るという話がある。ベンチャー企業といわれる会社が、今の日本では全国各地に蠢《うごめ》いて、存亡を賭けている。

言うならば自由化の波に押され、日本の労働賃金はアメリカ並みに高まり、国内での生産はコスト割れ、工場は中国や東南アジアに転出、工場の空洞化が目立ってきた。

未曾有の低金利、株価の低迷、円安、倒産の続出、貧困な政界、汚職と犯罪の凶悪化、失職者の増加、増税等、景気の先行きに明るさをもたらすものは見出せない。

そんな社会情勢の中、媒体企業として広告代理業というものがある。浅井はS広告代理店の社員であった。主に企画が専門で働いていた。

他社に遅れをとるまいと、社長命令で画期的な企画を始めた。写真部を動かし、人目を惹くビルの壁面または屋上のスペースを探すよう、関東一円を対象に活動させた。これによって写真部からは、約九百カ所の資料が提出された。

そこで、さっそく浅井は新日印刷に電話をした。

新日印刷は大手企業で、かなり大きなポスターも引き受けていたが、今回の企画では三メートルに六メートルというあまりにも大型なサイズゆえ、すぐには対応できなかったが、

「会議を開いて検討をしてみましょう。後ほど私の方からお電話しますから」

と期待のもてる返事である。

次の交渉は媒体の設置場所である。壁面または屋上の賃貸契約である。営業活動が功を奏して、八百九十数件の使用契約を結んだ。S広告代理店が独占した媒体である。新日印刷からは、引き受けるという返事も来た。

印刷会社とは長期契約の方式をとった。営業マン達は、この屋外広告の企画は宣伝効果が高いと読み、各自の担当スポンサーへ積極的に売り込んだ。川田薬品、

西芝、四共、中正製薬、森屋製菓、アルプスフィルム、コロネタカメラなどが名乗り出た。

印刷会社も本腰を入れ、その後二台の大型機械を導入した。

大判ポスターにも泣きどころがないわけではなかった。如何に風雨に耐えられるか、寿命からみてどんな素材を使い、どのように取り付けるか……。試行錯誤を繰り返しながら普及に取り組んでいた。さまざまなリスクを征服し、軌道に乗せると、苦労も楽しい思い出につながるものである。

ともあれ、大型ポスターが市街地の美観を損ねるという説も見過ごせない。

若気の至り

機密性の高いアルミサッシをはめ込んだ書斎には午後の日差しが一杯に差し込んで、ストーブはいらなかった。

机に向かって座り、自分史をまとめようと原稿用紙を前にして、若い頃のアルバムを開く。今朝から筆を進めようとしても、古い写真を見ていると、思い出が錯綜してきて、何処から書き出してよいものか戸惑いを感じる。次から次へと青春時代の足どりが蘇り、昨日のことのように脳裏を駆け巡っていた。

場面は湘南逗子海岸である。花田達が二十歳前後であったから、五十年も前のことである。

戦争という暗黒時代に、反戦とは公に表明できない若者は、絶食したり、無理に食事の量を減らしたりして身体を衰弱させ、従軍を拒否したものである。花田も仮病を使い、反戦主義を押しとおそうとした一人である。

そんな同志が四、五人集まった。場所は逗子海岸にある倉本旅館の一室である。

海水浴の時期でもない古臭い旅館に泊まるのは、越中富山の売薬商人か旅芸人の一座ぐらいである。

若者が四、五人集まると警察の目が光るのは、当時としてはあたりまえのことである。幸い、この宿の倅《せがれ》がメンバーに加わっていたので、特高の目からは逃れたらしい。

話し合った内容は、自由主義の原理論争だった。まさに軍国時代と真っ向から立ち向かう議論で、どう抵抗するかを各人各様に論じ合ったものだった。今から考えると、若さから出る純粋な理論の表明で、どうなるというわけでもなかったが、せめて戦争反対の心の叫びを、こんな隠れた場所で表明したかったのである。その後、戦争が激化すると、一人欠け、二人行方不明になって、ついにはこの会合も立ち消えとなった。

敗戦という一事は、天と地がひっくり返るほど主義主張の解放をもたらした。そうかといって、かつての同志がすぐ再会するわけでもなかった。反戦論者はむしろ虚脱状態になり、ヤミ商売を始めた者もいるらしかった。

花田は幸い大学に復学して、形ばかりの単位をとって卒業すると、ある通信社に就職した。

物不足の時代、新聞の広告取りなど楽なものではなかった。こんな時花田は、自由主義とは実に頼りない主張だと痛感し、生きることの厳しさを身にしみて感じさせられた。

戦後の十年間は、貧しさと苦しさの中を夢中で走り回ったものである。東京オリンピック開催と新幹線の開通が、花田にとっても日本にとっても、明るさを取り戻した一大エポックであったことは間違いない。

そんなある日、花田はかつて逗子に集まった同志の一人と、ある物産会社の応接室で偶然再会することとなった。彼はその会社の役員であった。驚いたのは花田ばかりではない。相手も、まさに天の思し召しだと言って、その晩遅くまで飲み明かしたことは言うまでもない。

その後、相棒が二人ほど同志を紹介、電話帳から一人を捜し当て、今では五人ほど、昔の自由主義者の集いとなって酒の上で気炎を揚げることがある。自由主義を唱え合った昔の逗子の会も磨きがかかり、ほどよい社会人として活躍しているが、歳をとったものである。花田も通信社のOBとして、今なお、会社に顔を出している。

転機

中央自動車道を須玉から国道一号線佐久甲州街道に分かれ、小一時間ほど車を進めると県境に差しかかる。このあたりは、野辺山高原とも呼ばれ、美ヶ原と連なっていながら、管轄官庁の違いから呼び方が異なっている。

西に八ヶ岳連峰が峨々として聳《そび》え、その裾野はカラマツ林が広がって、県境がどこか判別のつかない原野である。

このカラマツ林に点々とバンガロー風の建売別荘が散見する。道路らしいものもつくらず、駐車場に車を乗り捨てると、ここの建物までは細い小道を歩かなければならない。

行くほどに立て看板が見られた。それは「経営科学研究所」と読める。看板の文字からは、何をテーマに研究するのか想像もつかない。

生い茂ったカラマツ林の中には日もよく差し込まない。そのためか、下草も丈の低いシダ類が繁茂しており、お世辞にも品のよい別荘地とは言えない。

目に留まったのは、バンガロー風で切妻造りの建物である。粗削りの下見板に防腐剤を塗り、窓枠だけが白ペンキに塗られた外観。床は地面から九十センチばかり押し上がり、手摺りを回した外廊下に、五、六段の階段が設けられている。

押しベルに指先を当てる。しばらくしてドアが開いた。

顔を出したのは、五十近い男である。一見して、学者風ではない。証券会社の外交員か保険会社の外務員が連想されるタイプである。来意を告げると腰を低め、中へ通された。

ただ広い板張りの部屋。その奥に居室が一部屋あるらしい。

壁際には作りつけの戸棚があって、その中には何ともわからない小型の機械やダンボール箱が、雑然と置かれていた。

反対側の壁には、これまたいろいろなポスターや青写真が貼り込まれ、研究所にしては本棚もなければ、研究という言葉にマッチする作業台もない。テーブルの上にパソコンと電話が置かれているだけだ。それ以外には応接セットだけの研究所とは、いったい何を目的にこの別荘を利用しているのだろう。

経営科学研究所を訪れたのは、ミクロ電子機械会社専務取締役・桑田保という人物である。

新聞広告に掲載されていた大手カメラ企業へ、自社開発にかかわる電子カメラの試作品や製造権の売り込みの相談らしい。電子器械は開発のテンポが早く、各社間では熾烈な開発競争が繰り広げられている。フィルムを使わず現像焼付けの手間を省いた電子カメラの出現は、この方面の開発関係者の夢である。

問題はマスプリントの可能性である。このデジタル時代に、多くの大衆がパソコンから画像を現像所に伝送し、これをプリントして需要者に郵送されるとしたら、現行のカメラや全国に普及している現像焼付けの取扱店は、姿を消すことになる。第一、フィルムが不要となる。カメラの大変革である。

その一端として、デジタルカメラの試作品を前に、二人の話が進められていた。経営科学研究所を司る男、牧村賢三は、試作品を前にじっと考えていたが、このデジタルカメラに何か自分のアイデアを加え、大手メーカーに売り込む手段をとろうとしている。付加価値をつけることで、莫大な金を摑めることも間違いない。鴨が葱を背負って別荘へ飛び込んできたのである。

都内の小さな事務所では、とうてい不可能な金儲けが、今、目の前にぶら下がっている。賢三の非凡な企画力がどう発揮されるか。あまりにも大きな転機が訪れようとしていた。

初老族

世の中はどんどん変わってきている。老人の数も増えてきた。

最近の老人は若くなった。二十一世紀の老人はまだまだ若くなる。中井はこの世代を見通して、老人達が憩えるある倶楽部を企画した。学生時代の友人、本間に相談をして募集をかけたところ、口コミで百人ほどの応募があった。

応募者の平均年齢は六十五歳くらいである。趣味もいろいろで、ゴルフ、野球、テニス、囲碁、将棋、俳句、民謡など枚挙にいとまがない。

中井は自分の体力を考えて俳句部に籍を置いた。

本部は東京にある某役所の福祉用の一室を借り、会費は年三千円とした。

初めてのイベントとして箱根一泊旅行を企画したところ、六十人ほどの参加者を得て、観光バス一台を借り、箱根を目指した。

やはり歳は争えないということか、ガイドさんの忙しい案内についていくのが辛くなったのか、

「ガイドさん、もう私、足が痛くて歩けない」

と泣き言が出た。すると、

「ちょっと待った。お前さん、足が悪かったらバスの中で休んでいろよ。旅行に参加しない方がよかったんじゃないか。人に迷惑かけるんじゃないよ」

まるで子供の喧嘩だ。老人は気が短いと聞いていたが、まさにそのとおりだ。

「まあ、まあ、ここまできて喧嘩なぞして大人気ない」

となだめて、中井は足の痛いカツさんと並んで歩いた。

なんとも賑々しく一行は箱根の六夕館に落ち着いた。

夕食はアトラクションを見ながらの予定である。一同はひと風呂浴びて早々に席へ着く。

「中井さん、まずは乾杯しましょう」

精肉屋の鈴木さんが声をあげた。

「長生きのために乾杯！」

先刻の喧嘩騒動も忘れて、皆でグラスを鳴らした。六十人あまりの老人の世話役はこんなにも大変なのかと、今さらに思い知らされた。

入れ歯がほとんどの人達の食事の予約、アトラクションの注文など、手落ちのないようにずいぶん気を遣った。

アトラクションのマジックを楽しんでいる会員の顔を見ながら、中井はまずまずのスタートだと満足であった。

次の日も晴れ上がり、紅葉にはまだ早いが、箱根の美しい山並みを眺めつつ、芦ノ湖へ向かった。

海賊船を模した遊覧船に乗り、一同はご満悦であった。

こうして第一回目の箱根一泊旅行は成功裏に終わり、倶楽部の活動は順調に始まった。

テニス部が軽井沢で合宿するというので、中井も誘われて出かけた。若者の元気な声が飛び交うコートで、我が初老族テニス倶楽部も張り切ってラケットを振っている。

しばらくすると、若者の方から試合を申し込んできた。リーダー格の清水さんは学生時代からのテニス歴で、県大会での優勝経験者だ。初めはシーソーゲームで頑張っていたが、残念ながら二対一で初老族は負けてしまった。しかしながら清水さんの体力に、中井は感動した。

十年後の自分の姿を重ねてみるが、とても及びそうもない。

落葉した松林を散歩しながら、中井は先立った妻のことを思い出していた。木の間から見え隠れしていた浅間山は、やがて雄大なその全容を現した。中井は、隣に並んで歩く人のいない寂しさが慰められるようだった。

民謡大会がシネマで開催されると聞いて、民謡部の人達は、皆ＣＤに合わせて元気に練習をした。当日は、全国から民謡愛好家達が勢ぞろいした。中井は皆の活躍を客席で祈った。倶楽部仲間が大勢集まっている。

「三十二番、東京都代表初老族倶楽部、東京音頭」の場内アナウンスに、中井達も緊張した。練習の成果もあってなかなかの歌と演奏であった。

入賞を期待したが及ばず、グランプリは秋田県の民謡倶楽部が手にした。民謡部の面々は、初めての大舞台での演奏に興奮さめやらず、その後の打ち上げは大変な盛り上がりであった。

中井は各部が活発になってきているので嬉しかった。ゴルフ部は毎日ゴルフ練習場で腕を磨いていた。そしてゴルフ大会が、部外者の参加も得て、近くのサンライズカントリー倶楽部で行われた。

ゴルフ部員はさすがに腕がいい。テニス部の伊藤さんがなかなか頑張っている。ゴルフ部員は面子をかけて勝ちにいく。白熱した試合が続いた。

ある日、ダンス部の原田さんが真剣な面持ちで中井の自宅へやってきた。

「中井さん、今夜、僕と付き合ってくれませんか」

「どういうことですか」

中井は率直に聞いた。

「実は朝帰りをしたのです。昨日も中井さんと一緒だったことにしてもらいたいのです」

「またまた、どうして」

「一晩、クラブの女性と……」

「わかりました。高くつきますよ」

中井が冗談を言うと原田さんは、

「年老いても女性と付き合うと、ホルモンが働いて元気になるんですよ」

と小指を立てながら得意そうに言った。

中井からの言い訳の電話で、事なきを得た原田さんは帰っていった。

青梅マラソンに、我が「初老族倶楽部」は参加することにした。完走することは難しいかもしれない。

数千名の走者が集まった。ピストルの合図でその数千の人達がスタートした。ざわめきが空から降ってきた。いくつものランナーの塊が青梅街道を走り抜けた。中井は足が悪いので、ゴール地点で皆を待った。途中はテレビ中継を見ながらの応援であった。

結局、倶楽部の参加者全員が完走という快挙であった。

これからの時代、老人が多くなり、同じような倶楽部がたくさんできるだろう。そしていろいろなことに挑戦し、若者達と手をつなぎ、明るく元気に生きていくことだろう。

一人きりの食卓で、妻の写真にグラスを掲げ、中井は小さくつぶやいた。

「初老族倶楽部に乾杯！」

老人と娘さん

七十路を迎えようとしている植木は、今なお、剛健な日々を暮らしているが、心の中では老けてゆく自分に嫌気を感じていた。常に周囲をはばかっているようで健気にさえ見える。植木は至って高慢で威圧的な男であったが、世間を仰け反《のぞ》って見ているような二面的要素があったように感じられる。端的に言えば厄介な老人である。

闊達な植木は七十路に近いとはいえ、実際より十ないし十五歳は若く見える強《したた》かさをもっていた。妻とは死別したが再婚もせず、一途に亡き愛妻を心に刻み込み、至って潤った余生を送っていた。

植木は趣味も多彩で寂しさも趣味にすり替え、何の不自由もなく楽しさを享受していた。茶飲み友達も数多く、寄ってくる女性もかなりいた。同時に根っからの高慢な男であったもので、人を見る目は途方もないほど偏屈な、いや強かさをもっていた。しかしまた、巧妙な彼には人を惹きつける社交術も備わっていた。

植木は観劇や社交ダンスや旅行などを楽しむ有料の倶楽部に所属し、優雅な暮らしを満悦していた。植木は年甲斐もなく若い女性と気さくに交際をし、倶楽部の年配の女性に嫉妬されることもしばしばあり、それが職員の悩みの種となってみんなをやきもきさせていた。しかし、植木は一途な男なので、職員の注意に耳を傾けるようなことなどはしなかった。神に対する冒瀆《ぼうとく》だと言う人もいたが、植木は怯《ひる》むことなく、却って〝人をだますわけではない〟と言ってエスカレートするばかりの厄介者であった。女性を獲得するためには躊躇《ためら》うことなく若い男性と競り合うこともあるというけったいな老人であった。

皮肉なもので、そのエネルギッシュさが若い女性の心を惹くという奇妙な現象を呈することがある。植木には秘められた魅力があり、魅せられた女性は星の数ほどあった。

植木は若い頃からエリートで、頭の回転もよく、人並み外れた才があり、話術にも長けていた。さらに、女性にとっては母性をくすぐられるような、たまらなく愛くるしくて優しい顔立ちを備えていた。

その表情は演技からではなく、自然体であることから表出するものであった。そのせいか、植木には如才なく人と接する技があり、何事にも溶け込む才智があふれていた。したがって、人に嫌われるということもなかった。年齢から見ても強いて言うなら、燻銀といった風格で、威厳がみなぎっていたし、仁徳ももち備えていた。

経済面も豊かで、女性から詐欺に遭うようなことも度々あったが、植木には学識があったので実被害の経験は一度もない。逆に慈悲の心で許す人情もあって、その優しさが却って女性の心を揺さぶった。一見、気障な男のようだが、至人に近いほどの植木には問題外の話である。至って穏やかな植木は人から惚れられることは度々ある。愛とは歳には関係がないらしい。

植木は三十歳下の沙智子と親しくしていた。沙智子は町医者の一人娘で、家業を継ぐはずであったが、理科系というより文科系に適した性格であったので、上智大学文学部の英語科を卒業していた。そのため、英語は堪能で、英検一級の資格ももっていた。植木も英語は得意中の得意で、アメリカ人とも交友していた。沙智子とはすぐに馴染み、何の抵抗感もなく打ち解け合うことができた。植木はみだしなみよく、若く見えるタイプなので、二人は似合いのカップルであったと言っても過言ではなかった。かえって沙智子の方が年上に見られることもあるという妙な感じであった。沙智子自身、植木の実際の歳を知らず、相応な年齢とすら思っていた。植木は決して美男子というわけではなかったが、闊達な行動をするという生まれつきの逞しさをもっていたので、自分から白状さえしなければ実年齢がばれることなどは全くなかった。植木には計り知れない若さが蓄蔵《ちくぞう》されているのだろう。

そんな植木にも一つだけ欠点がある。運転免許を取得していないということである。それゆえに、移動はタクシー、特急列車、飛行機という贅沢な交通機関を利用することになり、マイカー族より出費がかさんでいるかもしれない。

植木は軽井沢に別荘を所有している。避暑のため七、八月の二カ月は、必ず別荘で生活をする。この二カ月の避暑中は、かなり派手な暮らしをする。金に糸目はつけない植木にとって、無駄金は罪悪ではない。無駄金が生き金になるという場合もあり、膨大な出費から掛け替えのない友を得ることがある。植木の持論は、〝友は宝である〟ということだ。そのための出費を抑えることは、彼の沽券《こけん》にかかわることだと言っておかなければならない。

植木は決して浪費家ではない。大学で教わった経済学の原理に照らし合わせても、イギリスの経済学者ケインズが語ったように、金《かね》を自由に融通することが豊福を得るということである。植木は理屈に合った金を投資しているにすぎないのである。女性にダイヤモンドの指輪を贈ることは、その女性を獲得するための手段である。物欲に卑しいのは人間の心理である。おこがましい話になるが、植木は沙智子の誕生日に五カラットのダイヤの指輪をプレゼントした。誰だって美しい高価なものに憧れる。気障かもしれないが、〝金にものを言わす〟という言葉に、植木はあやかったにすぎない。沙智子は違和感もなく受け取り、心が充溢《じゅういっ》した気分でいた。互いが信頼感で結ばれていたので、恋愛はタブーとされていた。互いのプライドの高さのせいかもしれない。沙智子の植木に対する好感度はなかなか高かったが、植木は感情を決して表面に出すような素直な男ではない。逆に反対の行動をとる偏屈さをもっていた。昔ながらの男の勲章にこだわる変人なのかもしれない。

救いの種はただ一つ。植木はロマンチストであったので夢のような話が好きであった。今では植木の心を知り尽くすことができる沙智子にとっては、二人の会話も小説の中の世界に浸るようなものだった。他人から見れば異常とも思われるかもしれないが、二人の会話は博識でなければ語り合えないようなレベルの高い内容、つまり歴史、音楽、絵画、経済、法律を熟知していなくては話せない内容である。特に植木は音楽、なかでもクラシックが大好きであり、チャイコフスキーのファンである。彼の作品である『悲愴』『くるみ割り人形』『白鳥の湖』『謝肉祭』『秋の歌』『ヴァイオリン協奏曲』『トロイカ』などは、耳にタコができるほど聴いている。植木は音楽大学を出たわけではないが、小さい頃、ビクター少年合唱団に籍を置いており、仲間と一緒に歌うことで音楽に親しんでいたようだ。植木は日比谷公会堂、ＮＨＫホール、サントリーホールなどで開催されるクラシックコンサートには必ず足を運ぶほどの熱狂的ファンであった。また、指揮者カラヤンのファンでもあり、カラヤンが来日して指揮棒を振るという情報をキャッチすれば、すぐさまチケットを手に入れるという有様であった。

沙智子は母の趣味から、自らもシャンソンに惹かれ、イブ・モンタンの大ファンであった。シャンソンといえばフランスの歌謡曲とでもいおうか、庶民の歌である。よく流行《なが》れた曲には『セ・シ・ボン』『パリの空の下』『パリ野郎』『バラ色の人生』『パリ祭』『枯葉』などがあるが、パリジェンヌに親しみ深い気持ちがあったようだ。植木も大学時代、よく銀座七丁目にある「銀巴里」に足を運んだものだ。「銀巴里」には岸洋子や芦野宏とかがよく出演していた。植木は戦時中、疎開先であった山形の酒田で幾年か幼少期を過ごしたが、岸洋子も酒田出身であり、親しみがあったようだ。

植木は沙智子と帝国劇場で上演されている樋口一葉原作の『にごり江』を観劇しようと誘った。

一葉ゆかりの地である本郷は、植木の出生地でもあった。一葉が十八歳から二十一歳まで暮らした本郷菊坂町七十番地（現在は文京区本郷四丁目付近）は、今でも路地に井戸、石段に長屋門と昔ながらの風情が残る一角である。

『にごり江』は明治十六、七年の東京が舞台である。

急な斜面にへばりつくように幾層も立ち並ぶ貧しげな家並、折からの十三夜の月の光がさまざまな女達の姿を照らし出していた。お力は本郷丸山近くの銘酒屋「菊の井」の酌婦で、その美しい姿と不思議な魅力ゆえ、男たらし、薄情者と言われながらも、言い寄る男達はあとを絶たなかった。

十三夜の宵、バカ騒ぎの座席を抜け出したお力は、偶然出会った男、結城朝之助にどこか心惹かれ、無理やりに客にするが、朝之助もお力の不思議な魅力に知らず知らずのうちに惹かれていく。

しかしお力は、かつての馴染みで、お力に入れあげた挙句、布団屋だった自分の店をつぶしてしまい、今は肉体労働の手伝いにまで落ちぶれ、それでもなおお力への思いが断ち切れずにつきまとう源七の暗い目を、いつもどこかに感じていた。

お力と朝之助は初めて出会ったときから、どこか通い合うものを感じており、お力は問われるままに自分の不幸だった身の上を語り出す。そして朝之助は言う。

「お前は源七が好きなんだ。いくらでも邪険にできるほど、薄情にできるほど、お前は惚れているんだ」

その時、当の源七が暴れ込んでくる。そして朝之助に手をついて涙ながらに頼むのだった。

源七は、とうとう女房子供もろとも追い出してしまった。もう逃げる場所はない。源七は風呂帰りのお力を待ち伏せして、もう一度自分のもとへ帰ってくれるように口説く。お力は源七の必死の姿に揺れる心を抑えて、思いを断ち切ってくれと冷たく突き放す。逆上した源七は懐から匕首《あいくち》を抜いてお力に切りつける。

樋口一葉は、終幕には非情ともいえる哀しさを訴える作家である。植木は大学時代に読んでいたが、芝居もなかなかの熱演で感動していた。

しかし、源七は妻子ある身なので、不倫していることになる。沙智子は『にごり江』のお力の人生を同情的に見ていたようだ。

「未練って怖いものですね」

突然、沙智子は植木に言った。

「怖いもんだね。でも僕は源七のように匕首で殺さないよ」

「だって女から捨てられたのよ。悔しくない、男なら？」

植木は笑いながら、

「悔しくないね」

「あら、そうなんですか、男って？」

沙智子はあきれたそぶりで言うと、植木は毅然として、

「しょうもない女のどこがいいのかね。馬鹿馬鹿しいよ、源七の行為は」

「男って、あっさりしたもんなんですね」

「そうだよ。男って非常に淡白な生きものだよ。……何か言いたそうだね、沙智子さん」

沙智子は表情を強めて、

「植木さんって、そんな男《ひと》だったんですか。それじゃ感情がないというものですよ」

「感情はあるさ、僕だって人間だもの。でもね、沙智子さん、いくら捨てられたからといって何の価値もない女を殺してどうするの、知性がなさすぎるよ」

「植木さんは女を価値観で選ぶんですか。そんな植木さん、いやです」

植木は慌てて沙智子をなだめすかすように、

「いやいや、つまりだね、それは男が匕首をもつということがだね、愚か……うん……なんて言うか、意志の弱い、常軌を逸した、言い換えれば、男の心を惑わす感情、つまり狂気と言うものだよ……。人間は喜怒哀楽という感情を誰もがもっている。僕だってもちろんもっているよ。決して女性の価値をはかりにかけるような真似はしないよ、沙智子さん。誤解しないで、僕の言うことをわかってくれ。ちょっと強がりを言ったかな。ごめんなさい」

あまりにも植木の低姿勢に、さすがの沙智子も慌てふためいた。

「植木さん、私こそごめんなさい。偉そうなこと言って。そうよね、源七って気がどうかしているわ。そうよ、狂っているのよ。簡単に人を殺すなんて普通じゃないわね、植木さん」

植木は沙智子の冷静な言葉にホッとした。女は感情が昂るとたちが悪い。沙智子は特別気性が激しく、感情がむき出しになりすぎる。

「女って男次第ですね。幸せになれるのも不幸になるのも。植木さんの奥さんって本当に幸せだったのですね。亡くなっても幸せな女性って、そういう星の下に生まれてきたのね。羨ましいわ。私も植木さんと同じ世代に生まれていたら、きっと植木さんと一緒になれたかもしれないわ。でも遅すぎたか、幸せ逃しちゃった」

沙智子は指を弾いた。しかも残念そうな仕草で……。

「男だって同じだよ。女性次第で人生が決まるんだ。男も女もすべて人生、賭けさ。僕なんかたまたま運よくいい奴に巡り合ったんだ。そんな奴こそ早死にするのだね、皮肉だね……」

するも沙智子は言葉をさえぎるように、

「いいのです。それじゃないとあまりにも不公平すぎるわ」

植木は慌てて、

「何言っているんだい、沙智子さんたら。……いいかい、人間は皆、初めは誰もが同じ運命をもって生まれてくるんだ。そして知らず知らずのうちに見えない糸の端を握っている。その糸で我々が予知せぬところへと導かれていくんだ。着いたところが仏法でいう浅瀬または深瀬のどちらかになる。言うなれば、『幸』『不幸』『極楽』『地獄』とでも言うかな。いくらじたばたしたって、なるようにしかならないのさ。つまり宿命には逆らえないのだよ」

沙智子は悟ったように、

「そう、人生って、そんなものですか?」

植木は言い聞かせるように、

「そうだよ、人生ってそういうものなのだよ。わかった?」

沙智子は頷くばかりで言葉も出なかった。沙智子にとっては難解なのかもしれなかった。

植木は沙智子を養子にし、婿をとらせようと計画していた。さすがに自分の歳を考えると、あまりにも歳離れした沙智子を嫁にすることは植木にはできなかった。たとえ沙智子がどう思っていても、植木の決心は固かった。植木家の家系を守ることは、植木の死後にやればよい。すべての財産は実子ではなく、沙智子へ贈与しようと思っていた。沙智子が玉の輿の「得」を天命として受け取ることが植木の希望であったが、事は簡単にゆくものではなかった。理由は単純である。沙智子は植木を一人の男として見ていたからである。

「私、植木さんにとって邪魔かもしれませんけど、いいんです。私は結婚しません。ずっと植木さんと一緒にお付き合いしたいのです。駄目ですか?」

「しかし……」

「しかしも何もありません。私、理想の男性って植木さんみたいな方なんです。植木さんのその自然体がいいのです……」

「でも……」

「いいえ、植木さんは考えすぎです。いいじゃないですか、誰が何と言おうと。私達二人が周囲のことなど気にかけなければいいじゃないですか。それともお嫌ですか？」

植木は意外な沙智子の言葉に圧倒された。沙智子の自分に対する感情に困惑した。今は亡き妻とはいえ、愛妻家だった植木には途方もない惑いであった。引くに引けない現実に植木は躊躇《とまど》った。強引ともいえる沙智子の植木に対する愛情を前に、植木は言葉を見つけられないでいた。

想像もしていない現実を目の前にさらされてしまうと、その方策を考えるのは容易なことではなかった。何事にも聡明な植木にしても、これは今までに経験をしたこともない試練であった。

「別に籍を入れていただきたいとは微塵も思っていません。ただ一緒にいると、私、なんとなく安心するんです」

植木は即座に、

「私なんて何のとりえもないただの親爺ですよ。沙智子さん、あまりにも担ぎすぎますよ。僕にヨイショはいりませんよ」

するとと沙智子は大笑いして、

「ヨイショですって。いやだ、ヨイショだなんて。植木さんて本当におかしな人ですね。それが植木さんの魅力かしら」

「……」

植木は無言でその場を凌いだ。植木は自分の立場を再確認しようとしたが、どうしても年齢の観念を脳裏から切り離すことができず、今後の課題にした。

考慮の結果、植木は一日一回、鏡を見ることにした。すると鏡の中の植木像からアドバイスが出てきた。

「歳なんて自分が意識するもので、勝手に捏造することができるものだ。自分が二十代になりたいなら二十代の化粧、三十代になりたいなら三十代の化粧、四十代になりたかったら四十代の化粧、君なら五十代の化粧をすることを勧める。とりあえず頭の毛の白髪を染めなさい。黒毛でなく赤毛にして印象をガラッと変えなさい」

植木は、鏡の自像を見ているうちに吐き気を催した。しかし自像は続けて語る。

「若さなんかどうにでもつくれるのさ。体力を鍛え、考えを斬新にし、若い人に溶け合う努力をすることだ。然《さ》もなくば衰えるばかりだ。老けるということは知恵のない者がすることだ。君には知恵がある。従って若くなる要素がある。そのメリットを捨てることはあるまい。率先して実行に移すことだ」

実年齢七十歳近くになる植木は化粧をしてから、実に若々しい男盛りの五十歳代初めに変貌した。化粧というものは恐ろしいものである。見るもの、聞くもの、そのほか全てが変わり、社交ダンスやジャズ、ロックなどに凝り始めた。特にテナーまたはアルトサックスの音色が好きになり、渡辺貞夫のCDをコレクションして満喫していた。しまいにはドラムを叩き出し、ますますエネルギッシュな体格に変わり、七十歳近くになる男には誰が見ても信じ得ない有様で、足腰は今の若い男性より逞しくなり、沙智子を驚嘆させた。世間では、二人を四十がらみの夫婦とさえ見ていた。やることなすこと植木の行為は、若々しかった。若き日の卓越した才能をフルに活用し、持ち前の魅力をかもし出していた。

若い頃の植木の言動は当時の女性たちの憧れの的であったし、優れた企画力はマスコミ界の中でも抜群であったことは、今も歴史に残っている。沙智子が植木に一目を置くことは、強いて言うなら、女性としてはあたりまえのことであった。力あるものが世を制することは、世間の道理である。そうでなければ人間社会ではない。

植木の信念は徒者ではなかった。戦時中に十代を過ごした人間は、苦い経験をしており、徹底した精神教育を受けているため、意志の強い心と力を持ち合わせている者が多い。特に人離れした能力を備えていた植木は、学生時代、同期生の中にあってもリーダーシップを貫き通していた。多数の人を統制することは彼の宿命でもあった。植木の物事の処理方法は、神業といっても過言ではなかった。誰もが認める事実であった。戦時中は、地方へ行くと東京っ子というレッテルを貼られ、田舎者にいじめられるものだが、植木は決してめげなかった。体育時間に相撲があったのだが、東京の子は体力的に劣っているから、負けるのが当然のようなもので、負けた者は素足で雪の運動場を十周は回るという過酷な体罰を受ける仕組みになっていた。植木はその都度、忍耐力で乗り越えてきた。並々ならぬ根性の持ち主であったことは間違いないようだ。

沙智子は様変わりした植木を歓迎し、彼に対する反応も以前に増して良好となり、今もって一層の変貌を期待していた。

女性というものは、でき得ないようなことを可能にする欲望には、一途に燃えるものらしい。沙智子は自分の未来像を打ち立てた。軽井沢の別荘をペンションに改築し、そこで生計をたて、植木の老後を介護しようと計画していたのである。しかし実際に手をつけ出すと、難問に暇なく焦るだけであった。金には糸目をつけない植木だから沙智子の計画に反対するわけではなかったが、今さらペンションを経営するほど金に困っているわけではない。四十過ぎの女が考える野望に対して、逆に苦労を背負う羽目にならないかと心配していた。それが苦労ではなく、生きていく上での刺激ならともかく、利得ない野望は才智ある人間が抱くものではないと植木は心の中で思っていたが、それを言葉にするわけでもなく、一切関知しないでいた。それは、愚痴と思われることを避けた、植木なりの知恵だったのかもしれない。才智ある男は、かようにして難題から逃れるものであり、これこそ長年の経験から生まれる知恵なのかもしれない。

植木はある雨の降る夜、卓上に置いてあったジョニ黒のウイスキーの水割りを沙智子と飲んでいた。何となく雨の音も物悲しく響いていた。植木は沙智子にグラスを渡すと、

「ねぇ、沙智子さん。実は僕ね、いろいろ考えた挙句、いずれは老人ホームに入所しようと思っているんだ。これから先のことを考えると、それが一番いい老後のプランニングだと思うんだけど、どうかな、僕の考え方は？」

沙智子は想像もしていなかった突飛な植木の言葉に戸惑った。

「何言ってんですか。老後は私が介護します」

植木はすかさず、

「非常にありがたいことだけど、そんな苦労は沙智子さんにはさせられないよ、女房でもないのに」

沙智子は顔色を変えて、

「籍の入っていない女房です」

「…………」

植木は返事も返さずにただ聞くばかり。

「私は、初め植木さんを父として、そして兄として、友人として、やがて恋人として……と心が変化していきました。父としての風格があり、兄としての妹感に浸れたし、友人として言いたい放題しゃべりまくって友愛を感じました。今となっては、私にとって恋しい人になってしまい、お側にいるだけで幸せを感じるようになりました。実直な植木さんに惹かれたのです。私は女になりました。女になってはいけないのでしょうか。答えてください、植木さん」

懸命に言いはる沙智子の唇からは、血の気が失せていた。植木は沙智子の顔を見て、

「恋には歳なんか関係ないけど、好きなら好きなりに、その人への責任を考え始めちゃうんだよ。源氏物語を例にするが、桐壺帝が弘徽殿女御という正妻がいるが桐壺更衣と関係をもち、光源氏という第二皇子を生む。そして桐壺更衣が亡くなると、その寂しさ故か、桐壺更衣によく似た光源氏の初恋の相手、藤壺女御と婚姻し、光源氏をとり巻く冷酷な関係をつくることになったよね。でも僕は桐壺帝のような男にはなれないんだ。権力がものをいう時代なら、夢のような話を平気で可能にすることができるが、それは平安時代の貴族だから成し得ることで、現在は婚姻することさえ並大抵の力では解決できない。儚い夢にすぎないんだよ。わかってくれたかい、男と女の関係って」

沙智子は悲しげに、

「将来は私とお別れするということですか。こんなに切ないお話は、私に死ねということと同じです」

植木は慌てふためいて、

「もっと冷静になってお話しましょう」

と言ったが沙智子は聞く耳をもたなかった。閉じた瞼からは涙があふれ出て植木を困らせた。さらに困惑させたのは、

「私が軽井沢の別荘をペンションに改築しようとしたことへの仕打ちなのですか」

思ってもみなかった沙智子の言葉に、植木は激怒した。

「ペンションに改築することに反対したことがあるかい。僕は沙智子さんの考えどおりにすればいいとさえ思っていた。それは甚だしい誤解だよ。別荘は沙智子さんにさしあげる。改築費用も用意するが、あくまで僕が老人ホームに入所する

ことが条件だということは忘れないでもらいたいんだ」

植木が切々と話すと、沙智子は反射的に反論してきて、

「植木さんと一緒に住まない別荘を改築して、何の意味があるのですか?」

植木は言い返す言葉もなく腕を組むだけで、為すすべも見つからなかった。

「こんな結末になるのだったら、植木さんとの出逢いって何だったのかしら。出逢わなかった方がよかったというものね」

沙智子は自棄《やけ》になりながらで言った。

「沙智子さん、自棄になりなさんな。もっと話し合おうよ、沙智子さん」

沙智子はいきなり、

「もう話すことはありません。結論が出ましたから」

「結論が出た?」

「そうです、結論が出ました。私は旅に出ます。もう植木さんとはお会いしませ

ん」

「旅？　どこへ行くんだい？」

「遠い旅」

「遠い旅って、外国かい？」

「一字違います。『国』は『国』でも『ごく』違い」

「いったい何なんだ」

沙智子はメモ帳に筆を執る。メモ帳には『地獄』と書いてあった。

慌てふためいた植木は筆を奪い取り、

「何を馬鹿なこと言っているんだよ。そんなことをするんじゃない。もっと素直になって、元の明るい沙智子さんに戻りなさい」

「戻ったって、不幸が待っているだけです」

「そんなことはないよ。希望の日差しが待っているよ」

「私の心は闇の中です」

「灯りを灯せば明るくなるさ」

「誰が灯りを灯してくれるのですか」

「僕だよ」

「別れようと言う植木さんにできっこないじゃないですか」

「蔭ながら応援するよ」

「陰からでは見えませんわ。植木さんの姿が見えないなんて不安なんです」

「よく聞きなさいよ。いずれ僕は沙智子さんより先に死ぬ。あと何年、何十年かわからないけれど、いずれにしろ沙智子さんを残して死んでゆくんだよ。世の摂理だから覚悟していなければ駄目だよ」

沙智子はふてくされた態度で、

「それくらいわかっています。でも生きるも死ぬも、どれを選んだって自由じゃありませんか。希望を失った女の選ぶ道は決まっています。答えは植木さんが考えてください」

沙智子は健気に言った。

「僕は鈍感だからわからないな」

植木の言葉が無責任に聞こえたのか、沙智子は、

「ご勝手に」

続けて、

「とりあえず、この家を出ます。明日中に」

強い口調だった。

「行き先は？　住む家はあるの？」

植木は無造作に尋ねると、

「あります」

沙智子が無愛想に答える。

「そう。ならいいんだけど」

「心配してくれてありがとう。もう二度と心配はかけません。ご安心ください」

可愛げもなく、言葉が飛んだ。植木は沙智子の勢いにたじろいでばかりでいた。

次の朝、沙智子は植木の家から姿を消した。どこで何をしているのか、一向にわからなかった。一週間しても、一カ月しても便りはない。植木は沙智子の消息がつかめない時間が耐えがたく、警察に捜索願を出した。しかし一週間たっても、一カ月たっても手がかりは全く摑めない。

植木が片田舎の特別有料老人ホームに入所して三年がたった頃、「植木光輝様親展」という一通の手紙が届いた。差出人は「須賀沙智子」と書いてあった。早速植木は封を開け、文面に目を落とした。

「拝啓

永い間、ご無沙汰しておりました。私、縁あって警察の方と結婚し、一児の母となりました。植木さんが人生は滑稽なものだとよく言ってらっしゃいましたように、本当に滑稽なもので、自殺しようとした私をいち早く助けてくれたのが、今の主人なのでございます。決して裕福ではありません。贅沢三昧だった植木さんとの生活などは二度と経験ができないでしょう。貧しい生活になってしまいましたが、それがかえって幸せとなり、思いもよらぬ家庭という団欒を勝ちとることができました。植木さんには想像もつかないでしょうが、一児の母となり、子育てに、毎日暇もない充実した日々を送っています。植木さんは、希望を捨てても希望が向こうからやってくるものだと教えてくださいましたが、そのとおり、不幸から一転して幸福になり、植木さんの教訓が今になって生きています。常によい助言をいただき、植木さんとの一時の生活のことも夫に話し、夫も良き人に巡り合えていい思い出を作ったと喜んでいる次第です。噂に聞けば老人ホームでもリーダーシップを執られて旺盛にお暮らしのようで、植木さんらしい才智に富んだお姿が瞼に浮かんできて、〝ふふっ〟と笑ってしまいます。

末永くお身体にご留意なさって、長生きしてくださいませ。私の父であり、兄であり、友であり、恋人であったことを、子供にも『母の思い出話』として聞かせてあげようと思っています。夫も才智にとんだ立派な方と知り合いだったことは栄誉ある話だと喜んで、共感してくれています。このように幸せになれたのも植木さんの底知れぬ英知が私に伝わったからこそ、今、この世で再出発できたのだと感謝しております。夫も植木さんのような人間性に近づけるようにと、日夜努力しております。夫が躓《つまず》いて困っているときは、植木さんから教わったことを思い出し、夫にアドバイスをし、二人で難関を乗り越えていこうと話し合っております。暇ができましたら、家族そろって必ずお見舞いにまいります。私の子育てが終わるまでお元気でいらっしゃってください。お会いする日を楽しみにしています。待っててください。お約束してくださいね。　かしこ

沙智子」

沙智子の手紙に感銘を受けた植木だったが、沙智子の家族の見舞いを迎えることなく一編の詩を残して、一人寂しく享年七十三歳で死去した。

植木の功績が嘘のように海中に撒き散らされていく様は、あまりにも切なく感じられた。死ねば皆、無となることは、植木の持論であったが、若さに挑戦した一人の老人の男の執念には、頭が下がる思いである。二度とこのような逞しい老人は出現することはないであろう。拍手で彼を送ってあげようではないか。

「植木光輝　万歳」

『雪代山河』

（一）

栄華は高し
是非に及ばぬ信念で
武者魂に身を任せ
光明な星を仰ぎ見る
気鋭と栄誉とで
龍神、天空を飛び昇る
荘厳な響きここにあり

（二）

古木は終わり、新なり
天下布武を敷きそえば
知名に靡く今
空は明日の響を轟かす
気概と根性とで
火炎のなかに身を投ずれば
岩をも砕く強健さ

（三）

栄枯は哀し、野の果てに

新な夜明を徨えば
光明な星を仰ぎ見る
侘びと寂とで日が暮れる
蛍光の光、断ち消えて
聖山に聳え立つ
我一人泣き乱る

著者プロフィール

佐藤 晴彦（さとう はるひこ）

昭和10年東京都に生まれる。
法政大学経済学部卒業。
広告代理店入社後、35歳で日本近代給食(株)設立。
同人雑誌「直木文学」4年連続入選。
蒼樹展、新槐樹社美術展（いずれも上野美術館）入選多数。
埼玉県在住。

追憶

2003年3月15日 初版第1刷発行

著 者 佐藤 晴彦
発行者 瓜谷 綱延
発行所 株式会社文芸社
〒160-0022 東京都新宿区新宿1－10－1
電話 03-5369-3060（編集）
03-5369-2299（販売）
振替 00190-8-728265

印刷所 株式会社平河工業社

ISBN4-8355-5263-6 C0093